AF599523

La cuisine de légende de la Côte d'Opale

Jacques Sacré

La cuisine de légende de la Côte d'Opale

Roman

ISBN : 979-10-422-1759-4

Introduction

Sacha, la fille, et Benoît, le garçon, sont deux petits habitants de la Côte d'Opale. Ils sont fiers de leur petit paradis, symbiose parfaite de la mer et de la campagne.

Ils n'auront de cesse, tout au long de ces pages, de vous le faire connaître en découvrant quelques-unes de ses recettes originales, mais pas n'importe lesquelles, celles auxquelles s'attache une légende.

Nous découvrirons donc ici douze lieux, douze recettes et douze légendes inédites, de quoi vous régaler en rêvant.

Et rien ne vous empêche, par après, de rendre visite à ces lieux magiques lors d'une promenade ; une autre façon de gérer ses vacances.

Le dragon de Wissant

Les deux enfants avaient à peine débouché sur la place de Wissant que Sacha, prenant la main de son copain Benoît, l'entraîna vers l'église du village. À peine entrée dans le temple, elle se dirigea sans hésiter vers la nef gauche et se planta hardiment devant une statue.

— Benoît, je te présente Sainte-Barbe Wilgeforte, notre curiosité locale.

— Sainte-Barbe quoi… ?

— Sainte-Barbe Wilgeforte, notre sainte du onzième siècle.

Benoît, ébahi, aperçu alors, clouée sur une croix, une femme barbue qui le regardait fixement.

— C'est une blague ou quoi ? bégaya-t-il.

— Pas du tout. Elle a même guéri un de mes ancêtres, un petit garçon rachitique qui engendra pourtant, après sa guérison, une nombreuse descendance ; du moins, c'est ce que l'on raconte dans la famille.

— Eh bien, raconte-la-moi aussi, cette fameuse histoire !

Sacha entraîna alors son copain sur un banc de la place et lui conta cette histoire fantastique.

***

Il y a bien longtemps, dans le vieux village de Wissant, l'ancien, celui que les sables ont recouvert depuis, vivaient un jeune garçon et sa mère, une pauvre veuve de marin.

Depuis la mort du père, leur ménage n'avait connu que vicissitudes. François, car tel était le prénom du petit garçon, n'était guère bien portant, un rachitique comme on dirait de nos jours.

Mais sa santé délicate ne l'empêchait pas d'avoir bon cœur. Ce jour-là, il s'était mis en tête d'aller ramasser du bois sec dans la forêt proche, car la récolte de bois flotté glanée sur la plage avait été maigre. Cet effort hélas l'avait épuisé et il avait dû garder le lit le jour suivant.

La vieille Catherine, une voisine que tous appelaient Trine, était venue à son chevet.

— Ah, Trine, si tu savais comme je suis malheureux ! Non pas d'être malade, j'y suis habitué, mais d'être incapable d'aider ma pauvre maman sans tomber tout de suite d'épuisement.

— Tu devrais aller prier notre Sainte Wilgeforte ; elle pourra t'aider à coup sûr.

— Sainte qui ?

— Sainte-Barbe Wilgeforte, la sainte barbue que l'on voit sur une croix dans notre petite église.

— Sur une croix ! Mais que lui est-il arrivé ?

— Ah, ça, c'est une bien terrible histoire.

Sainte Wilgeforte vivait un peu après l'an mil. C'était une jeune noble, pleine de beauté, de bonté et d'intelligence. Hélas, on ne pouvait pas en dire autant de son père. Celui-ci s'était mis en tête de lui faire épouser un baron bien plus âgé qu'elle, cruel, batailleur et pas très beau, mais suffisamment riche et puissant que pour avoir envie d'allier les deux familles.

La jeune fille, horrifiée, refusa net le mariage. Son père, furieux, l'enferma dans sa chambre en lui annonçant qu'il ne la libérerait que lorsqu'elle consentirait à ce mariage. Et si elle traînait trop, elle finirait au pain sec et à l'eau dans un sombre cachot.

Désespérée, elle s'adressa alors au ciel :

— Seigneur, veuillez empêcher cet horrible mariage. Faites-moi pousser une énorme barbe afin de dissuader cet homme de m'épouser en l'épouvantant.

Lorsque son père vint prendre de ses nouvelles le lendemain matin pour savoir si elle avait changé d'avis, il tomba sur une jeune femme qu'il reconnaissait à peine derrière sa forte barbe noire.

Son premier cri d'effroi fut suivi d'un deuxième de rage. Hors de lui, il ordonna à ses hommes épouvantés eux aussi de la crucifier, la faisant passer pour sorcière.

Depuis, nous l'invoquons pour les agonisants et les enfants rachitiques. Va donc la trouver et la prier, je suis sûre qu'elle aidera un gentil garçon comme toi.

***

À peine remis, François se rendit donc à l'humble église et, face à la sainte, l'implora de lui rendre la santé. Il avait à peine terminé sa requête qu'il lui sembla voir bouger la statue.

Celle-ci avait grandi et, tandis que les lèvres de la sainte remuaient, il entendit dans sa tête Sainte Wilgeforte lui dire :

— Si tu es tout le temps malade, mon petit François, c'est parce qu'un dragon de mer a élu domicile il y a longtemps sous ta maison et sous la digue. Un jour de grande tempête, la mer a creusé une grotte de sable sous celle-ci. Le dragon s'y est réfugié, mais dans son sommeil il s'est laissé réemmurer par le sable apporté lors d'une autre tempête. C'est ce dragon qui a porté malheur à toute ta famille. Il faut le faire partir de là et tu retrouveras la santé.

— Mais comment faire, demanda François à la sainte d'une voix qui résonnait étrangement dans l'église déserte ?

— Rien de plus simple. Je provoquerai une forte tempête qui désensablera la grotte, mais il faudra après l'attirer au-dehors. Il suffira alors de lui présenter un plat de carottes à la crème dont il est très friand. Va donc voir à Tilques, il paraît qu'ils ont d'excellentes carottes dans cette région.

À peine rentré chez lui après avoir remercié la sainte avec effusion, il appela la vieille Trine, cordon bleu réputé au village et experte en gâteries.

— C'est vrai, François. Pars me chercher un cageot de carottes à Tilques ; Jean le mareyeur y va justement cet après-midi. Moi, je m'occupe du reste.

Le soir même, une épouvantable tempête balaya la côte.

— La sainte a tenu parole, se dit François, à moi de faire de même.

Au petit matin, François, aidé de Jean le mareyeur, alla déposer un succulent plat de carottes de Tilques dans une barque amarrée au large par une ancre flottante.

À peine furent-ils revenus sur la plage, que le dragon, l'odorat finement titillé par les effluves du plat délicieux, fonça sur celui-ci en pulvérisant la digue. Il enfourna dans son énorme gueule et le plat de carottes et la barque, puis s'éloigna au large.

On vit alors sur l'estran, au bord de l'eau, la gigantesque silhouette lumineuse de Sainte Wilgeforte jeter d'énormes blocs de rochers sur la digue détruite.

— Ainsi il n'y reviendra plus, lança la sainte à François, et ces rochers te protégeront des futures tempêtes.

Ces rochers, on peut les voir encore aujourd'hui, et le jour de cet événement miraculeux, advenu un vingt juillet, devint le jour de la fête patronale de Sainte Barbe Wilgeforte.

Les carottes de Tilques

Ingrédients :

– 1 kg de carottes ;
– Sucre, sel, poivre ;
– 50 gr de beurre ;
– 2 œufs ;
– 250 gr de crème fraîche ;
– Un petit bouquet de persil.

Préparation :

– Pelez finement les carottes ou grattez-les ;
– Faites-les blanchir 5 min dans de l'eau bouillante salée ;
– Rincez-les à l'eau froide et coupez-les en grosses rondelles ;
– Dans une casserole, mettez 5 càs d'eau, 2 càs de sucre, 50 gr de beurre, du sel et du poivre à votre goût (n'oubliez pas que les carottes ont déjà été salées à la cuisson !) ;

– Rissolez les carottes à feux doux 20 min en remuant souvent ;

– Dans un plat, mélangez la crème fraîche aux jaunes d'œufs et plongez les carottes dans ce mélange ;

– Disposez le reste de la crème fraîche au centre du plat, entourée de petits bouquets de persil.

Vous accompagnerez ce plat d'une viande grillée et d'un vin rouge fruité du midi.

Les naufrageurs du Cran aux œufs

Sur la falaise du Cap Gris Nez, le petit hameau de Waringzelle se niche dans la verdure de ses champs, de ses landes et de quelques bosquets remplis de lapins. Une grande ferme carrée, de minuscules maisons de pêcheurs, on pourrait presque croire à un coin perdu de paradis.

Sacha et Benoît ont emprunté le sentier des douaniers qui longe la côte du Cap Gris Nez jusqu'à la pointe du Riden.

— Tiens, on dirait un berger, dit Benoît. Pourtant il n'y a pas de moutons par ici.

En effet, planté à la pointe du Riden surplombant la mer, une silhouette étrange semblait contempler la plage.

— Hum, bonjour Monsieur, s'enhardit Sacha d'une voix peu assurée.

L'homme se retourna : un grand échalas accroché à son bâton, un chapeau à larges bords sur la tête et une vaste houppelande jetée sur les épaules.

— Terrible endroit, n'est-ce pas, lâcha-t-il d'une voix rocailleuse, tandis qu'il dévisageait la petite d'un regard fixe.

— Qu'est-ce qui est terrible, répondit Benoît qui ne voyait là qu'un petit vallon couvert de matricaire, de gazon d'Olympe et de silène ?

— Ce vallon, le Cran aux Œufs et cette pointe, tant de fois utilisés par des assassins, oui, je dis bien par des assassins.

Les deux enfants, mal à l'aise, allaient faire demi-tour, quand le vieillard leur dit en souriant :

— Oh, je vois bien que je vous fais peur, les enfants, mais je vois aussi que vous ne connaissez pas la terrible histoire du Cran aux Œufs.

— Racontez-la-nous, monsieur, lâcha spontanément la curieuse Sacha.

Et joignant le geste à la parole, elle s'assit aussitôt dans l'herbe, imitée par Benoît.

Le vieux sourit à nouveau, s'assit sur une pierre et d'une voix basse commença son étrange histoire.

***

Jadis, je parle de la moitié du 19e siècle, les gens d'ici n'étaient guère riches et tombaient dans le besoin plus souvent qu'à leur tour. Ce fut le naufrage d'un navire, par une nuit d'orage et de tempête, qui déclencha les terribles faits qui suivirent.

C'était la veille de Pâques, en début de soirée, que le navire, trompé par l'obscurité, alla se fracasser sur les rochers du Cap. Un vaisseau de blé s'est échoué au Cran aux Œufs : la nouvelle avait vite fait le tour de la paroisse et tout ce qui compte de bras valides dans le pays était descendu sur la grève par la passe du Cran aux œufs.

Chargés de sacs, de seaux, de boisseaux divers, ils vidaient encore le vaisseau de sa précieuse cargaison au petit matin, lorsque les cloches de l'église se mirent à carillonner gaiement pour les inviter à l'office de la résurrection en ce beau matin de Pâques.

Mais l'aubaine était trop belle pour nos pauvres paysans : guerres et disettes les avaient privés un peu trop souvent de bon pain. Le curé, descendu sur la plage après avoir pataugé dans le petit ruisseau et le cresson sauvage, avait tout fait pour les ramener à l'église. Mais peine perdue : ventre affamé n'a pas d'oreilles, dit-on.

— Comment pouvez-vous négliger l'office de Pâques et par la même votre salut éternel, tonitrua-t-il ? Ce blé ne vous portera pas bonheur.

— Comme Dieu ne nous en procure pas, il faut bien aller le chercher nous-même là où il est, gouailla un des paysans.

— Tu blasphèmes, Grand Pierre, Dieu te punira.

De fait, des bagarres n'avaient pas tardé à éclater et on y avait même échangé quelques coups de couteau. De plus, le blé, trempé par la tempête, avait vite gâté et avait rapidement provoqué coliques douloureuses et méchantes gastrites.

Sermonnés vigoureusement par leur curé, les villageois, honteux, avaient remonté les corps des naufragés de la plage pour leur donner une sépulture chrétienne dans l'enclos paroissial. On chuchota alors, avec des frissons dans le dos, que certains corps de ces malheureux n'avaient pas vraiment l'air d'être morts noyés.

L'affaire en resta là, mais les réserves ne durèrent qu'un temps. Ce fut Grand Pierre, encore lui, qui eut une idée diabolique. Il suffisait d'allumer par mauvais temps un feu sur la falaise. Trompés par la lueur proche du phare du Gris Nez, les navires iraient se fracasser sur la pointe du Riden.

L'occasion ne tarda guère à se présenter. L'« Olga », un navire chargé de précieux bois de campêche, fut attiré lors d'une tempête par nos naufrageurs et coula avant d'avoir compris ce qui lui arrivait. Certains membres de l'équipage ayant survécu au naufrage, l'horrible massacre commença et, faut-il le dire à notre grande honte, mené principalement par les femmes présentes, encore plus âpres au gain que les hommes.

On délesta le bateau de sa précieuse cargaison et on enterra les morts à la hâte dans les falaises du Gris Nez. Cette fois, il n'était pas question de montrer des corps poignardés et décapités à coups de hache.

La vente du bois rapporta à tous un bon petit pécule. Mais l'argent, lui non plus, ne dura guère et, pire encore, ils avaient pris goût à ces menées criminelles et à cet argent facilement gagné.

Le navire suivant fut le « Conservatoire », chargé de blé. Il subit le même sort que le précédent et ne laissa pas plus de traces.

Le curé du village, quant à lui, avait remarqué le changement d'attitude de ses paroissiens à certaines époques. Il ne tarda guère à faire le rapprochement avec les naufrages, mais n'osant accuser personne faute de preuves, les mit quand même en garde lors de ses prônes, menaçant des foudres de l'enfer les voleurs et les assassins.

C'est alors que le « Pô » fit son apparition au large des côtes un soir de forte tempête. Il finit comme les autres, démembré sur la plage du Cran aux Œufs. Mais l'ouverture de ses cales révéla une surprise de taille : trente-huit barils remplis à ras bord de louis d'or.

La folie s'empara alors des naufrageurs et, non contents de supprimer tout l'équipage comme à leur habitude, ils commencèrent à s'entretuer, pris de démence à la vue d'un tel pactole. Hélas pour eux, l'affaire fit tant de bruit que les gendarmes envoyés sur place en grande urgence se saisirent des survivants et confisquèrent le magot.

Assagis par un tel échec, nos gaillards se tinrent cois quelque temps, mais comme le temps est générateur d'oubli, ils ne tardèrent pas à se laisser tenter par une autre proie. Malheureusement pour eux, le pauvre esquif qui apparut ne convoyait que des pierres et une grosse barrique qui, ayant reçu un coup de pique, laissa suinter un liquide ambré et fortement alcoolisé.

Dépités, ils se rabattirent sur la futaie et la vidèrent jusqu'à la dernière goutte. Comme elle semblait contenir encore quelque chose après ces agapes, ils la fendirent en deux et découvrirent au fond du récipient… le corps d'un singe d'Amérique momifié dans l'alcool !

Vous dire le dégoût, les vomissements et coliques qui les prirent n'est rien à côté de la malédiction que leur lança le curé du haut de sa chaire de vérité.

— Soyez maudits, infâmes tueurs. Pour avoir commis tant de crimes, le Seigneur vous condamne à ne plus jamais pouvoir allumer un feu. Désormais, vous mangerez vos aliments crus ou cuits par d'autres qui auront pitié de vous. Et aucun feu ne brûlera plus jamais dans vos âtres.

Effondrés, les habitants du hameau durent désormais se contenter d'un plat froid qui nous est parvenu depuis : la salade du nord.

La salade du nord

Ingrédients :

– 1 kg de pommes de terre (cuites par le voisin !) ;
– 1 betterave rouge cuite (par autrui !) ;
– 2 cornichons ;
– 2 pommes ;
– 2 filets de hareng à l'huile ;
– 2 échalotes ;
– 3 càs d'huile d'olive ;
– 2 càs de vinaigre de vin ;
– 1 càs de moutarde à l'ancienne ;
– 1 càs de câpres.

Préparation :

– Cuisez les pommes de terre et coupez-les en rondelles ;
– Épluchez et coupez les pommes en dés ;
– Coupez la betterave rouge en dés ;
– Coupez le hareng en tronçons ;
– Coupez finement les cornichons et les échalotes ;
– Faites une vinaigrette avec l'huile, le vinaigre, la moutarde et les câpres. Salez et poivrez à votre goût ;
– Mélangez le tout et servez.

À présenter avec un vin blanc corsé, type viognier.

L'étrange lutin du château Mollack

Si d'aventure, un jour, vous accompagnez Sacha et Benoît dans leurs pérégrinations au village de Marquise, ils ne tarderont pas à vous entraîner vers un de leurs lieux de prédilection, un minuscule château, situé derrière le moulin de monsieur Taverne, un petit moulin à eau actionné par le joli ruisseau du Bouquinghen. Cette gentilhommière est tellement petite qu'on l'a baptisée « le château du lutin », tout comme le petit moulin d'ailleurs.

— Dis, Benoît, tu crois vraiment qu'il est habité par des lutins, demanda Sacha, émerveillée à la vue du petit édifice ?

— Mais non, grande sotte, c'est de la blague ; on l'appelle château du lutin tant il est petit.

C'est alors qu'apparut dans la chambre du rez-de-chaussée ornée d'un âtre immense, un vieux monsieur aux cheveux blancs, tiré à quatre épingles et aux yeux doux cerclés de lunettes dorées aux verres légèrement fumés.

— Hé non, jeune homme, lança-t-il à Benoît, ce n'est pas une blague. Bien sûr, maintenant il est habité par des humains comme toi et moi, mais il y a bien longtemps, au XVe siècle pour être plus précis, le lutin Mollack l'avait construit à sa taille et lui avait donné son nom. Mais c'est un de ses descendants, le lutin Blackness, qui fit surtout parler de lui.

— Blackness, quel drôle de nom, répliqua Benoît. Il était étranger ? Anglais ?

— Non, non, il était bien de chez nous, mais de fait, son nom veut bien dire Cap Noir en anglais, ce que les gens d'ici, qui ne connaissent guère l'anglais, avaient traduit par Blanc Nez, nom que porte maintenant un endroit où il aimait se promener.

— Et pourquoi a-t-il tant fait parler de lui ? demanda Sacha curieuse.

— D'abord parce qu'il avait fait construire une cheminée monumentale, bien trop grande pour un lutin, ce qui faisait frissonner de crainte les visiteurs qui se rendaient chez lui.

— C'est d'autant plus bizarre que les fenêtres, par exemple, sont si petites qu'on dirait des meurtrières, remarqua Benoît.

— Le deuxième fait qui le distingua, reprit le vieux monsieur, c'est qu'il fit construire un moulin à eau, aussi petit que son château, sur le ruisseau du Bouquinghen. C'était d'autant plus étrange que dans la région on ne comptait que des moulins à vent, comme ceux du Guindal, de Bernes ou du cimetière.

Mais le petit diable était un subtil et rusé homme d'affaires. Il s'était rendu compte que les moulins à eau étaient bien plus rentables que les moulins à vent, car l'eau contrairement au vent… ne s'arrête jamais.

Or Marquise était une grande région agricole, gérée par de nombreux fermiers qui avaient beaucoup de grains à faire moudre. Ce qui avait fait des meuniers, devenus riches, les notables de la région.

Autant dire qu'avec son moulin à eau, il eut vite fait de rafler de la clientèle à ses confrères, d'autant que sa farine était reconnue comme bien plus fine. L'argent rentra à flots, le château s'agrandit et se meubla somptueusement. À la grande rage des autres meuniers qui conçurent contre lui une vilaine rancœur.

À un ami qui lui demandait son secret, il lui montrait les meubles de son blason, que vous voyez ici. Les deux pioches représentaient le dur labeur qui fait pousser le blé ; les deux abeilles, le travail acharné ; la ruche, une économie dans toutes les entreprises.

— Et le fourquet, demanda Benoît curieux ?

— Le fourquet, signe du brasseur, conseillait de ne boire que sa propre bière et celle de ses amis. Mais, reprit le vieux monsieur, Blackness finit par en avoir assez de la rancune des meuniers et d'autres jaloux. Il décida de remettre ses affaires et de disparaître. Pour ce faire, il céda à Frest d'Imbrethun le château et le moulin à condition de pouvoir continuer à vivre dans ce château incognito afin de hanter la région en toute discrétion et impunité. Le nouveau châtelain n'en subirait aucun dérangement. Celui-ci accepta le marché.

Déjà d'un naturel farceur, l'envie lui prit de jouer des tours pendables à ses concitoyens. Il connaissait dans les moindres recoins de ses branches le vieux tilleul tout proche, âgé de quatre à cinq siècles. Il savait surtout que son tronc était creux et débouchait sur les nombreux souterrains reliant le château, l'église et de nombreux édifices de la région. Ce qui lui permettait d'apparaître puis de disparaître à tout instant, au nez et à la barbe de ceux qu'il voulait mystifier.

Il avait tout d'abord commencé par échanger des sacs de grains entreposés dans les moulins par des sacs de copeaux. L'affaire avait fait grand bruit.

Puis il s'était allié à son vieil ami et complice, le lutin des Terres de Brumes, pour un tour beaucoup plus spectaculaire.

Ce lutin, faut-il le dire, était brasseur à Samer. Il avait tenté de faire moudre son malt dans les moulins à vent, mais il en avait été éconduit. Il faut avouer que les lutins n'étaient plus bien vus là-bas. Il avait alors entendu parler de la grande qualité de la mouture de Blackness et s'était rendu à son moulin.

Ils étaient vite devenus les meilleurs amis du monde, au point de vouloir se venger ensemble des habitants du village par une farce plutôt osée. Ils avaient branché, via les souterrains, tous les points d'eau du village sur les cuves à bière que le lutin des Terres de Brumes avait amenées dans les caves du château.

Le village en fut quitte pour une cuite monumentale dont il mit plusieurs jours à se remettre. Mais ils avaient été trop loin. Les autorités du village les sommèrent de s'amender et de faire réparation du tort causé à toute la population.

Le lutin brasseur proposa d'offrir sa bière gracieusement lors de la fête du village qui devait avoir lieu la semaine suivante. Blackness, lui, se chargerait du dessert en apportant les tartes.

Mais il ne put, à cette occasion, s'empêcher de faire une nouvelle farce. À la place des tartes aux fruits que tous attendaient pour le dessert, il leur apporta des tartes… aux moules !

À sa grande surprise, elles plurent énormément à tous et on en redemanda. Ce fut son ultime farce.

La tarte aux moules

Ingrédients :

– Un fond de tarte en pâte brisée ;
– 1,5 l de moules ;
– 1 oignon ;
– 4 œufs ;
– 200 gr de crème fraîche ;
– Muscade, sel, poivre.

Préparation :

– Hachez l'oignon, mettez-le dans une casserole avec les moules nettoyées ;

– Faites ouvrir les moules en secouant souvent (environ 10 min à feu vif) ;

– Retirez les moules, décortiquez-les et filtrez le jus (attention au sable) ;

– Étalez la pâte dans un moule beurré et précuisez-la à blanc (en mettant des haricots secs dans le fond) pendant 15 min à four chaud ;

– Battez les jaunes d'œufs avec la crème et 2 càs de jus de cuisson réduit ;

– Salez (peu), poivrez et muscadez ;

– Mettez les moules sur le fond de la tarte et recouvrez-les du mélange. Faites cuire 35 min ; la tarte doit être bien dorée ;

– Servez chaud ou froid avec une salade.

Elle serait bien assortie d'un sancerre.

Les revenants de la batterie Todt

Benoît est un passionné des souvenirs de la guerre. Il faut dire que sa région en a particulièrement souffert. Mais derrière ces engins impressionnants et cette parade guerrière, il ne peut percevoir la somme de douleurs et d'horreurs vécues par les anciens de sa famille.

Pour une fois, il a réussi à persuader Sacha de l'accompagner lors d'une visite au Musée du Mur de l'Atlantique, installé dans un énorme blockhaus situé à Audinghen, près du Cap Gris Nez. Mais Sacha, sensible, est envahie d'une indicible tristesse à la vue de tous ces sinistres trophées. Prise de cafard, elle murmure à Benoît :

— C'est trop triste ici, je t'attends dehors.

Elle a tôt fait de retrouver l'air pur, le ciel bleu et les petites chèvres qui l'ont tellement fait rire tantôt. Alors que, pensive, elle regarde les animaux brouter, une vieille dame s'approche d'elle et lui demande doucement :

— Quelque chose ne va pas, ma petite ; tu as l'air bien triste ?

— C'est que je n'aime guère ces horreurs, Madame ; c'est sinistre et ça me donne des frissons. Les gens ont dû avoir bien peur en voyant tous ces terribles canons braqués vers le ciel.

— C'est vrai. Et pourtant, Haringzelle était un adorable petit hameau entouré de près, de bruyères en fleurs et de quelques bosquets. Au loin, par-dessus la mer d'un vert opalin, on voyait les blanches falaises de l'Angleterre. On avait vraiment l'impression d'être au bout du monde.

Nos anciens reposaient autour de la petite chapelle, entourés de leurs maisonnettes qui avaient passé les siècles. Mais n'es-tu pas la petite Sacha, la petite fille de ma vieille amie Françoise ?

— Oh si, Madame ; mais comment connaissez-vous ma grand-mère ?

— Jeunes, nous étions deux amies inséparables et nous nous retrouvions souvent à Wirwignes, chez mémère Harlé qui faisait la meilleure tarte au papin de toute la région. Je la revois encore avec son haut chignon et son grand sourire nous raconter que, grâce à sa tarte au papin qu'elle avait créée au lendemain de la Première Guerre mondiale, elle avait remonté le moral de tous ceux qui reconstruisaient le pays.

— Et vous habitiez aussi Audresselles, comme mamy ?

— Oui, nous étions voisines et nous avons été témoins de tout ce qui s'est passé dans la région.

— Oh, racontez-moi, Madame ! Mamy n'a jamais voulu m'en parler.

— Je la comprends, ce n'était pas bien gai, tu sais. Et puis je suis sûre qu'elle ne t'a jamais parlé des revenants de la batterie Todt.

— Ah ça, jamais ! Mais voici mon copain Benoît, il faut que vous nous racontiez toutes ces choses, qu'il comprenne que la guerre, ce n'est pas une si belle histoire et surtout pas un jeu.

La vieille sourit, fit quelques pas avec eux vers un petit bois et s'assit en leur compagnie sur un banc niché au creux d'une clairière.

— Tout a commencé en 1941. À cette époque on vit arriver dans la région de plus en plus d'Allemands, tant militaires que civils. Ils réquisitionnaient des chambres dans les maisons et les fermes des alentours. Et gare à ceux qui n'étaient pas d'accord.

— Il y en avait beaucoup, interrompit Benoît, suspendu aux lèvres de la conteuse ?

— Quand tout fut fini, ils étaient plus de six cents. Mais ce qui nous inquiétait le plus, c'étaient leurs allées et venues dans le hameau d'Haringzelle. Ils prenaient des photos, des mesures avec divers instruments, scrutant chaque endroit à l'aide de leurs jumelles. Que nous préparaient-ils encore, se demandait-on ? Car on savait ne rien devoir attendre de bon de ces gens-là.

Puis on se mit à expulser les habitants du village, qui tant bien que mal se recasèrent dans les familles des environs. Ceux qui résistaient et n'avaient pas voulu quitter leur petite maison avaient été embarqués de force une nuit. On ne les avait jamais revus. Le bruit courrait qu'ils avaient été déportés dans des camps en Allemagne.

Les malheureux qui étaient restés dans la région avaient vu, la mort dans l'âme, leur petit hameau être rasé jusqu'aux fondations. Mais c'est avec horreur qu'ils virent vaciller puis s'effondrer le petit clocher de leur église sous les coups de boutoir des engins destructeurs. Le saint édifice fut écrasé et balayé avec, oh profanation, les tombes de son petit cimetière blotties autour de ses murs. Les restes des défunts furent broyés avec les gravats et repoussés par les pelleteuses pour former des buttées autour des casemates.

Cet acte de barbarie allait déclencher la malédiction du ciel et les phénomènes mystérieux qui s'en suivirent.

Si la construction des divers blockhaus avait été rapide, elle avait étrangement causé beaucoup de morts, surtout parmi les gradés et les ingénieurs. Même l'ingénieur en chef, Todt, mourut mystérieusement dans un accident d'avion la veille de l'inauguration. Si ma mémoire est bonne, celle-ci eut lieu en grande pompe le douze février 1942, avec fanfares, drapeaux et cohortes d'officiers. Certains crurent même y voir le célèbre Maréchal Rommel.

Mais le malaise était déjà perceptible chez l'ennemi. En plantant les arbres qui devaient camoufler les bâtiments, nombreux furent ceux qui virent des flammèches s'échapper des talus. Pour ceux du village, cela ne faisait aucun doute : c'étaient les âmes des défunts profanés.

Puis le bruit courut que des ombres lumineuses parcourraient les blockhaus la nuit. De nombreux soldats durent être emmenés dans les hôpitaux des lignes arrière pour soigner dépression, crises de nerfs et début de démence.

Les canons, tant les quatre pièces de 380 que ceux de la DCA, s'enrayaient sans que l'on ne puisse savoir si c'était dû à la nervosité des servants ou à une quelconque intervention surnaturelle. Ce qui freina d'ailleurs considérablement l'activité de la batterie jusqu'en juin 1944.

La présence de ce qu'on appelait maintenant les fantômes se manifestait de plus en plus souvent. Ils empêchaient entre autres les canons de tirer sur l'Angleterre en terrorisant leurs servants et entretenaient chez tous la psychose d'un débarquement allié dans le Pas de Calais.

Mais tout a une fin. Le 26 septembre 1944 allait sonner le glas de la batterie Todt. En deux vagues, 834 bombardiers de la RAF allaient semer 855 tonnes de bombes, guidés en cela par nos revenants qui faisaient scintiller des lumières aux points névralgiques.

Encerclés par les Canadiens, les Allemands résistaient encore sous leur épais abri de béton lorsque le commandant des troupes écossaises, le North Nova Scotia Highlanders, eut une idée géniale. Les Écossais, c'est bien connu, sont des habitués de fantômes, on peut même dire qu'ils les aiment bien. Un contact fut donc vite établi entre ces Écossais et les revenants qui voyaient là une occasion unique de se débarrasser de ces barbares teutons. Ils sortirent tous ensemble de terre et semèrent une telle panique dans les rangs ennemis que ceux-ci se rendirent sans tarder, faisant fleurir des drapeaux blancs de tout côté.

Les bunkers étaient vidés, soit, mais non déserts. Nos revenants promenaient encore leur âme en peine sur tout le site. On clôtura donc celui-ci afin de les laisser reposer en paix, mais les gémissements continuaient à monter des ruines et les lueurs de hanter leurs meurtrières.

Les habitants, malheureux, ne savaient plus que faire quand ta grand-mère leur conseilla de porter dans les casemates des tartes au papin afin de rappeler à ces malheureuses âmes errantes que l'on pensait toujours à elles et que le bon temps de la paix était enfin revenu.

Le lendemain matin, les lieux étaient revenus au silence. Seuls, maintenant, les chants des oiseaux animent joyeusement le bosquet d'Haringzelle.

La tarte au papin

Ingrédients :

– 1 feuille de pâte au beurre ;
– 60 gr de farine ;
– 1 càs de sucre ;
– Cannelle ;
– Eau tiède ;
– ½ l de lait ;
– 1 gousse de vanille ;
– 3 œufs.

Préparation :

– Étalez la pâte dans un moule et saupoudrez-la de cannelle ;
– Préparez la crème en faisant bouillir le lait avec la vanille ;
– Mélangez la farine, le sucre, 1 œuf entier et 2 jaunes d'œuf ;

– Retirez la gousse de vanille et versez le lait sur ce mélange. Mélangez le tout à feu doux pour avoir une crème pâtissière suffisamment épaisse ;

– Versez cette crème sur le fond de pâte de la tarte jusqu'à ras bord ;

– Mettez au four 35 min ;

– Les deux blancs battus en neige avec du sucre glace peuvent faire d'excellentes meringues à servir avec le café.

À consommer avec un bon café noir comme on sait le faire dans le nord.

Intrigues au camp de Boulogne

Aujourd'hui, Sacha et Benoît ont décidé de profiter des visites guidées gratuites qu'offre la ville de Boulogne ; ils se sont donc rendus devant le parvis de l'église Saint-Nicolas où on leur a donné rendez-vous. Une demi-heure plus tard, alors qu'ils croient qu'on les a oubliés, un étrange bonhomme se dirige vers eux.

— Je crois qu'on vous a oubliés, mais ne craignez rien, avec moi vous n'y aurez pas perdu au change.

Alors qu'ils arpentent la place Dalton, il commence pour eux cet étrange récit.

Martin Cannon est plutôt fier de sa cabane faite de planches et de torchis. Les habitants de la région lui ont donné un fameux coup de main, particulièrement une jolie lavandière du nom de Bénédicte qui a pétri pour lui l'argile de colmatage.

Il est vrai que ce vieux grognard en avait assez de vivre sous la tente. Voici un an déjà qu'ils s'entassent autour de Boulogne et dans le vallon de Terlincthun. Ils, ce sont les soldats de Napoléon. Au début, ils n'étaient que quelques dizaines de milliers de fantassins ; maintenant, ils sont plus de cent quatre-vingt mille… sans compter les chevaux.

Martin est un fidèle grognard de l'Empereur. Il combat à ses côtés depuis longtemps et avant cela, il s'était déjà battu pour la république. Mais maintenant, Martin en a assez. Il est fatigué, il se sent vieux. L'heure de la retraite a sonné pour lui. D'autant plus qu'après un an de vie parmi les civils, il a pris goût à la vie de famille et la petite lavandière n'y est pas pour rien.

Napoléon lui-même vit dans un château que le Vicomte Désandrouin à mis à sa disposition à Boulogne et que l'on appelle maintenant le Palais Impérial, loué à prix d'or, il est vrai. Pourtant le bruit court que la conquête de l'Angleterre est pour bientôt. Et ça n'arrange nullement notre ami.

Pour doper le moral de ses troupes, Napoléon a imaginé une fête magnifique. Lors d'une immense parade qui doit durer huit heures et où seront présents quatre-vingt mille soldats, il va remettre aux vétérans et aux plus méritants une décoration prestigieuse : la Légion d'Honneur. Martin n'a aucun doute ; avec des états de service comme les siens, il sera un des élus.

De plus, Napoléon a promis aux vétérans de leur offrir une parcelle de terre où s'installer. Wimereux, un tout petit village de pêcheurs deviendra ainsi une ville de vétérans tout acquis à sa cause.

Ce qui explique que l'on retrouve notre grognard levé dès l'aube, bichonné et prêt à défiler devant ses chefs.

Las, une terrible déception l'attend : s'il y a bien deux mille décorés, il n'est pas dans le nombre. Il a beau attendre, se dire qu'on a sûrement dû se tromper, il doit se rendre à l'évidence, la cérémonie est finie et il n'y a rien eu pour lui. Il questionne ses officiers ; peine perdue. Non seulement il devra rempiler, mais il devra fort probablement participer à l'invasion de l'Angleterre. L'horreur !

Martin se souvient alors d'une vieille habitant la Haute Ville et que l'on tenait pour un peu sorcière. La commère le reçoit dans son antre, une sombre cabane adossée aux remparts.

— Tu confectionneras pour ton empereur un plat qui le dégoûtera à jamais d'envahir l'Angleterre. C'est une vieille recette anglaise, le welsh, dans lequel tu verseras quelques gouttes de cette potion. Mais pour qu'elle agisse, tu devras lui dire : « Sire, le jour où ce lieu arrivera à la nage en Angleterre, vous y arriverez en bateau ».

Muni de sa recette, notre Martin et sa lavandière confectionnèrent un énorme welsh du marin qu'ils portèrent aussitôt à l'empereur. Celui-ci les reçut dans sa somptueuse tente dressée au haut de la falaise.

— Voici, Sire, un plat de la région que vous offrent ses habitants reconnaissants.

Et il n'oublia pas d'ajouter :

— Sire, le jour où ce lieu arrivera en Angleterre à la nage, vous y arriverez en bateau.

L'Empereur, plutôt frugal d'habitude, accepta cependant le plat avec bienveillance et même, semble-t-il, avec gourmandise. Visiblement, la potion magique avait des effets apéritifs. Il demanda à ses gardes à n'être dérangé sous aucun prétexte et se mit à table avec un appétit féroce.

Quand ses généraux, inquiets de son silence, pénétrèrent dans sa tente, ils virent Napoléon couché sur son lit de camp et ronflant à poings fermés. Son somme dura longtemps. Lorsqu'en fin de soirée, Napoléon sortit de son profond sommeil, il avait l'estomac lourd et la langue pâteuse.

À un général qui lui demandait ce qui lui arrivait, il lui désigna d'un geste de la tête les maigres reliefs du welsh.

— Mais Sire, rien d'étonnant, vous avez dévoré un plat anglais.

Napoléon, dégoûté par les effets de la potion maléfique, décida ce soir-là qu'il fallait revoir sérieusement sa décision d'envahir la perfide Albion.

Le lendemain, la nouvelle de la défaite de Trafalgar où l'escadre de l'Amiral de Villeneuve avait été anéantie, sonnait le glas de l'invasion de l'Angleterre.

Napoléon décida alors de foncer sur Vienne le soir même, laissant trente mille hommes à Boulogne, dont notre Martin qui, enfin pensionné de l'armée, fut embauché pour parachever la construction de la colonne de la Grande Armée.

Le welsh avait vaincu l'Empereur.

Le welsh du marin

Ingrédients :

– 10 gr de beurre ;
– 25 cl de bière blonde ;
– 600 gr de cheddar ;
– 50 gr de gruyère râpé ;
– 1 oignon ;
– 2 tranches de lieu noir ;
– Noix de muscade ;
– 4 œufs ;
– 4 tranches de pain de campagne.

Préparation :

– Rissoler les tranches de pain ;

– Faire fondre le cheddar taillé en cubes dans une casserole avec la bière et la muscade ;

– Dans le plat de service, poser la tranche de pain, le lieu noir cuit au préalable dans un peu de beurre avec les oignons hachés et verser le fromage fondu sur l'ensemble ;

– Saupoudrer de gruyère et mettre sous le grill 3 min pour gratiner ;

– Ajouter 1 œuf sur le plat sur chaque part avant de servir.

À présenter avec une bière blonde, frites et salade.

Attention, c'est un repas TRÈS reconstituant !

Le carillon ambulant

Les cloches sonnent joyeusement au beffroi de Douai. Cette vénérable bâtisse, élevée au XIVe siècle, a toujours été au centre des activités de la ville. Bien sûr, ce carillon a connu bien des vicissitudes, bien des guerres, mais il a toujours sonné vaillamment les heures qui passent.

Détruit lors de la Première Guerre par les Allemands, il a été reconstruit encore plus beau après la Seconde Guerre. Tenez-vous bien, il comporte soixante-deux cloches ; c'est un des plus complets de la région.

Mais ce qui réjouit le plus le cœur de ceux qui l'écoutent, ce sont les airs de Gayant que l'on entend sonner aux quarts d'heure.

Sacha et Benoît écoutent bouche bée les explications de leur guide François, un vieux carillonneur à la retraite. Ils ont voulu rester une heure entière sur la Place d'Armes pour entendre tous les airs que ce carillon merveilleux leur proposait.

Rentrés chez eux, à Audresselles, ils ont eu envie de raconter à tous les merveilleux moments passés à Douai et particulièrement à leur ami Rémy qui habite sur la petite place du village. Hélas, Rémy ne pourra jamais entendre ce carillon enchanteur : il est atteint d'une maladie qui le laisse sans forces, cloué sur son lit. Bien des médecins se sont penchés sur son cas sans réussir à le guérir.

Tout encore rempli de ces merveilleux souvenirs, Benoît ajouta :

— Tu sais, Rémy, le vieux carillonneur nous a même dit que si on entendait le chant de ces cloches la nuit de la Saint-Jean, un miracle pouvait avoir lieu et on pouvait espérer guérir de certaines maladies.

— Mais je ne saurai jamais aller les écouter dans l'état où je suis, répondit le petit malade.

— Maladroit, souffla Sacha à Benoît en lui envoyant un coup de coude.

À voir le petit visage défait de leur compagnon, nos deux amis se rendirent compte qu'ils avaient suscité encore plus de nostalgie dans le cœur de Rémy. Penauds, ils sortirent sur la pointe des pieds, pendant que Rémy enfonçait sa tête dans l'oreiller pour qu'ils ne le voient pas pleurer.

Assis sur les rochers battus par la mer, ils pensaient encore au petit malade lorsqu'une petite voix jaillit d'un amas de rochers s'avançant vers la mer.

— Vous m'avez l'air bien mélancoliques, tous les deux.

Nos amis se retournèrent, cherchant désespérément la personne qui leur avait adressé la parole lorsqu'entre deux rochers, la voix se fait de nouveau entendre.

— Je suis ici, entre les rochers.

Quelle ne fut pas la stupéfaction de Sacha et Benoît d'y découvrir une charmante petite sirène aux cheveux couleur d'or.

— Mais qui êtes-vous lui demandèrent-ils incrédules ?

— Mais une sirène, pardi ! Vous n'avez toujours pas répondu à ma question : quelle est donc la cause de cette grande tristesse ?

Et nos amis de lui expliquer le cas du petit Rémy.

— Votre vieux carillonneur avait raison. Les cloches du carillon ont parfois le pouvoir de guérir la nuit de la Saint-Jean lorsqu'elles chantent.

— Mais comment faire, répliqua Sacha, il ne peut se déplacer ?

— Je vous promets de trouver une solution, mais pour cela, il faut que vous m'aidiez.

— Et comment ?

— Un œuf de sirène a été entraîné par les eaux au fond de l'estuaire de la Slack. Ramenez-le en pleine mer et vous en serez récompensés.

— Comment pourrais-je reconnaître un œuf de sirène, demanda Benoît incrédule ?

— Il a le volume d'un ballon de basket et il est tout nacré et irisé. Puis-je compter sur, vous ?

Le lendemain, Sacha et Benoît partaient en expédition et retrouvaient sans grand mal au fond de l'estuaire, caché sous des roseaux et des plantes aquatiques, un merveilleux œuf nacré, irisé de rose et tout palpitant qu'ils déposèrent bien vite au large.

Le soir même, la petite sirène était au rendez-vous.

— Vous avez tenu votre promesse, je tiendrai la mienne. Soyez dans dix jours sur la place, devant la maison de Rémy. C'est le jour de la Saint-Jean ; le miracle s'accomplira. Quand Rémy sera guéri, qu'il vienne me rejoindre ici.

Disant ces mots, la fée de la mer plongea dans les flots et disparut.

Les dix jours furent bien lents à passer pour nos amis, vous vous en doutez. Le soir de la Saint-Jean, ils étaient au rendez-vous, devant la maison de Remy dont les fenêtres étaient grandes ouvertes.

Soudain, dans un éclair éblouissant, un fantastique carillon apparut sur la place. Dans un cadre de poutrelles massives s'alignait toute une volée de cloches, de la plus petite à la plus grande. Au clavier, une petite fée s'activait avec entrain, frappant joyeusement sur les touches et lançait vers le ciel l'écho cristallin du carillon.

— Je suis l'amie de la petite sirène que vous avez aidée il y a peu. Elle a conçu pour vous ce carillon ambulant de trois tonnes qu'une firme de la région l'a aidé à construire. Nul doute qu'ainsi le petit Rémy puisse guérir.

Elle avait à peine dit ces mots que le petit malade apparaissait à la fenêtre, gaillard comme il ne l'avait jamais été. Tous les habitants du village étaient maintenant rassemblés sur la place et le propriétaire du restaurant voisin, charmé par le beau chant des cloches, décida même de rebaptiser son établissement et de l'appeler dès lors le « Bel Canto ».

— Désormais, c'est une carillonneuse qui me remplacera, leur dit la fée, mais que Rémy n'oublie pas son rendez-vous avec la sirène.

La nuit même, notre miraculé s'avançait entre les rochers à la recherche de sa bienfaitrice.

— Je suis ici, lui dit-elle. Je suis heureuse de voir que tu es en pleine forme. Fais-moi donc un dernier petit plaisir, veux-tu ?

— Demande-moi ce que tu voudras, car tu m'as rendu le bien le plus précieux : la santé.

— Oh, je ne te demande pas grand-chose : j'aimerais que tu m'apportes ce plat si merveilleux pour une sirène et que vous appelez « gainée ». Je n'en ai forcément jamais goûté, je ne l'ai jamais vu, mais il m'a si souvent titillé les narines par son odeur exquise qui s'échappait de vos cuisines.

Le lendemain, Rémy était sur les rochers, avec dans ses mains un plat de gainée dont nous vous donnons ici la recette.

La gainée boulonnaise

Ingrédients :

– 100 gr de cabillaud ;
– 50 gr de lotte ;
– 100 gr de merlan ;
– 40 moules ;
– 200 gr de julienne de poireau ;
– 200 gr de julienne de navet ;
– 200 gr de julienne de céleri rave ;
– 300 gr de petites pommes de terre appelées rates ;
– 1 l de fumet de poisson (éventuellement en cube ou en liquide) ;
– Beurre, crème fraîche, ciboulette, sel, poivre ;
– 1 œuf.

Préparation :

– Réaliser le fumet de poisson ;
– Y pocher les poissons coupés en gros dés, les moules et les légumes ;
– Les réserver au chaud ;

– Réduire le fumet, le filtrer, le clarifier au blanc d'œuf, y ajouter la crème fraîche, le beurre et pour les gourmands, un jaune d'œuf ;

– Verser sur les poissons et les légumes ;

– Ajouter à cette sauce un peu de persil ou de ciboulette avant de servir.

On peut l'accompagner d'un Côte du Rhône blanc.

Au pays des quilles en l’air

Sacha et Benoît sont partis aujourd’hui en promenade sur la plage d’Equihen, un charmant petit village de pêcheurs à quelques kilomètres au sud de Boulogne.

— Viens, dit Benoît à Sacha, maintenant nous allons explorer les falaises. Le point de vue doit être magnifique.

— Oui, mais pas trop près du bord, réplique Sacha prudente.

Après avoir gravi les rues pentues du village, nos deux amis accèdent au grand tapis herbeux qui surplombe les falaises. Mais quelle n’est pas leur surprise d’y découvrir de drôles de constructions !

— On dirait des bateaux renversés et transformés en maisons, s’exclame Sacha.

— Tu as tout à fait raison, petite, ce sont des quilles en l’air.

Les deux jeunes se retournent et aperçoivent, à l’entrée d’une de ces bizarres maisons, un vieux marin tout ridé qui les regarde en souriant malicieusement.

— Des quoi, reprennent-ils en chœur ?

— Des quilles en l’air et leur origine est une bien belle histoire.

— Oh, racontez-la, monsieur.

— Entrez et asseyez-vous, vous serez mieux installés pour écouter.

Émerveillés, Sacha et Benoît découvrent une maison miniature, comme dans les contes, avec tout ce qu'il faut pour y vivre agréablement.

— Il y a longtemps, commence le vieux marin, vivait dans ce village un vieux pêcheur nommé Bernard. Il habitait une petite maison de pêcheur avec sa femme Danielle et sa fille Elodie.

Il n'était pas fort riche et possédait pour tout bien un vieux flobart, transmis de génération en génération et qui n'était plus très vaillant. Il prenait l'eau de toute part malgré les multiples calfatages et l'on devait pomper l'eau de la cale à chaque sortie en mer.

Le flobart, faut-il le dire, est une grosse barque avec mât amovible et souvent un vieux moteur, d'une longueur moyenne de cinq mètres. Son faible tirant et son fond plat permettent d'effectuer avec lui la pêche à l'échouage. On l'amène sur la plage, placé dans un berceau tiré par un cheval, ou, pour les plus riches, par un tracteur. On l'avance dans l'eau et aussitôt il se met à flotter ; on est alors prêt pour la pêche.

Bernard, bien sûr, ne pouvait que louer les services d'un vieux cheval poussif pour l'aider à mettre son flobart à l'eau.

La vie, pour Bernard et sa famille, s'écoulait tant bien que mal. Ils s'étaient sacrifiés pour leur fille qui avait fait ses études d'institutrice et qui enseignait maintenant dans une petite école de Montreuil qui lui fournissait le logement de fonction.

Un jour, alors qu'il était en mer, une terrible tempête se déclara et, bien que sa barque soit vieille, Bernard se porta courageusement au secours d'un autre flobart qui s'était fracassé à la pointe des rochers du Cap Gris-Nez.

L'équipage au grand complet avait été recueilli, mais notre marin avait eu tout le mal du monde à ramener son bateau à bon port. Les matelots du navire sinistré étaient saufs, mais son malheureux flobart avait été salement abîmé. Les rescapés reconnaissants s'y étaient tous mis pour le réparer, mais, à peine mis à l'eau, il se mit à sombrer peu à peu.

Bernard avait compris : il devait renoncer à la pêche pour toujours. Trop pauvre et trop vieux pour acheter un autre bateau, même d'occasion, il n'eut plus d'autre solution que de rester chez lui et de gagner quelques sous en réparant les filets de pêche abîmés et en sculptant de petits bateaux et de petites figurines pour les touristes.

Hélas, ces petits boulots ne suffisaient plus à payer son loyer et le propriétaire lui fit savoir un jour que, s'il ne payait pas ses arriérés, il serait obligé de le mettre à la porte.

Désespéré, Bernard s'en alla trouver ses copains.

— On va t'aider, mon vieux, ne t'en fais pas. On va même commencer par monter la carcasse de ton vieux rafiot en haut de la falaise, afin que la mer ne finisse pas par le démantibuler.

Aussitôt dit, aussitôt fait. Nos rudes gaillards démembrèrent les superstructures et hissèrent péniblement la coque en haut de la falaise. L'un d'entre eux eut alors l'idée de la déposer sur quelques étais de bois pour la faire sécher.

— Merci les gars. Ainsi je resterai près de la mer, dit tristement Bernard, car je ne peux vivre loin d'elle.

C'est en regardant cette pauvre vieille coque qu'il eut soudain une illumination.

— Dites, les gars, si on enfonçait quelques solides pieux et qu'on posait la coque par-dessus, quille en l'air, je n'aurais plus qu'à monter quelques murs et ça me ferait une bien jolie habitation, suffisante pour ma femme et pour moi.

À peine conçu, le chantier était déjà en action. Six solides madriers furent plantés en terre et la coque posée par-dessus. On la consolida, la radouba, la creusa d'un passage pour une petite cheminée. Les enfants ramassèrent des galets pour en tapisser le sol ; les hommes amenèrent des briques récupérées par-ci par-là et les femmes se mirent à gâcher le ciment.

En une journée, les murs étaient montés et il en restait plus à Bernard qu'à placer une petite fenêtre, récupérée sur un vieux chalutier et à construire une porte avec les planches récupérées sur le flobart.

Son maigre ameublement fut déménagé. Le poêle, la table et ses deux chaises, leur lit étroit et un petit bahut prirent place dans le minuscule logis. Le soir venu, tous fêtèrent l'aménagement de Bernard et de sa femme.

Mais c'était compter sans l'administration tatillonne et aveugle. Le maire n'avait pas vu d'un très bon œil cette installation ressemblant fort à celle d'un romanichel et, qui plus est, sur un terrain communal. Un arrêté d'expulsion fut donc envoyé à notre marin qui accusa le coup avec désespoir.

— Mais où veulent-ils que j'aille, lança Bernard à ses copains en leur montrant le document ? On me chasse de partout, on veut donc ma mort ?

— Ne t'en fais pas, Bernard, on va l'avoir, le maire, foi de Grand François.

Le lendemain de tôt matin, on vit une cohorte de marins et d'habitants du village amener sur la falaise tous les flobarts voués à la démolition. En trois jours, tous étaient montés sur poutres et entourés de murs.

— Cela fera autant d'abris pour nos vieux marins nécessiteux, lança le Grand François au maire accouru sur place.

Celui-ci, médusé, ne sut que répondre. Il est vrai que le petit village ainsi constitué avait de l'allure et ne manquerait pas d'attirer les touristes. Il faut dire de plus que c'était un problème en moins pour sa municipalité. Et puis, Bernard avait bien mérité de la commune. Définitivement conquis, il proposa :

— J'offre la peinture pour égayer tous ces logis, et rendez-vous dimanche midi pour une grande grillade.

Le dimanche venu, tout le village était là, dégustant de délicieuses brochettes, recette toute simple à l'image de nos pêcheurs, inventée pour cette occasion.

Les brochettes à la mode d'Equihen

Ingrédients :

– 2 l de moules ;
– 2 grosses tranches de lard fumé ;
– 24 oignons grelots ;
– 125 gr de beurre ;
– 1 œuf dur ;
– Sel, poivre, citron, huile estragon.

Préparation :

– Ouvrir les moules 10 min à feu vif ;
– Découenner le lard, le couper en lardons ;
– Blanchir les oignons 5 min à l'eau bouillante ;
– Confectionner des brochettes en alternant moules, lardons et oignons ;
– Passer au grill 8 min ;
– Pour confectionner la sauce : mélanger le beurre fondu, le sel, le poivre, l'estragon haché et l'œuf dur écrasé à la fourchette ;
– Servir avec du pain de campagne grillé.

Arroser d'un vin blanc ou d'une bière blanche du Cap.

Le petit phoque et le flobart

Sous un ciel bleu et lumineux, la lente procession se déroule dans le village d'Audresselles. Les uns à la suite des autres, les flobarts, tirés par leurs tracteurs, s'échelonnent sur la route, traversant le village en liesse.

Assise dans son bateau, chaque famille a revêtu ses plus beaux atours, laissant parfois la place à des costumes régionaux et le flobart lui-même a été somptueusement décoré.

L'un après l'autre, ils se rangent sur la grève caillouteuse, derrière l'Hôtel de la Plage. Le dernier à se présenter est aussi le plus beau : celui de la Vierge des Flots. La statue de la Madone se tient à la proue, entourée du clergé.

Lentement, le dernier véhicule s'arrête au pied du rempart de béton, face à un autel de fortune. La cérémonie se déroule, simple et émouvante, face aux flots.

Peu à peu, l'office terminé, les flobarts pénètrent dans les flots et entourent, telle une garde d'honneur, le bateau de la Vierge qui va les bénir.

— Que c'est beau, murmure Sacha, tout émue par la majesté de l'instant.

— Tu crois qu'ils sont tous là, demande Benoît, impressionné par le nombre d'esquifs mis à l'eau ?

— Bien sûr que oui, répond une voix à côté d'eux. Personne ne voudrait être absent lors de la bénédiction de la mer.

Surpris, Benoît se retourne et voit à ses côtés un vieux pêcheur aux traits burinés, une courte pipe vissée dans la bouche.

— Eh oui, petit, personne ne voudrait qu'il lui arrive ce qui est arrivé à l'Emile, il y a bien des années déjà.

— Oh, s'il vous plaît Monsieur, racontez-nous demande Sacha, toujours avide d'entendre de belles histoires.

— C'était il y a bien longtemps. On célébrait déjà la bénédiction de la mer sur notre plage. C'était grandiose ; il y avait d'ailleurs beaucoup plus de bateaux que maintenant.

Toutes les routes des villages avoisinants étaient envahies de flobarts, la plupart toujours tirés par des chevaux magnifiquement caparaçonnés. Tous les pêcheurs de la région s'étaient donné rendez-vous. Tous sauf un, l'Emile. Peu dévot, il avait trouvé plus intéressant d'aller pêcher ce jour-là. Un tel blasphème avait d'ailleurs choqué tout le monde.

L'Emile était déjà loin en mer lorsque la procession arriva sur la plage. La cérémonie se déroula avec la ferveur habituelle et les cafés du village attirèrent nos pêcheurs assoiffés par le beau soleil de ce quinze août.

La pauvre femme de l'Emile et ses enfants n'avaient pas osé se montrer ce jour-là. C'est vrai qu'on en avait un peu pitié, mais enfin ! Le lendemain soir, elle était quand même passée au bistrot des marins leur demander s'ils n'avaient pas vu son homme. Mais nul ne l'avait aperçu et elle s'en retourna penaude.

Le morceau de veau qu'elle lui avait cuit ce soir-là alla rejoindre dans une terrine le morceau de poulet qu'elle lui avait mijoté la veille.

Un chasseur, ayant cru voir sa voile au loin, alla trouver notre pauvre femme pour lui annoncer la bonne nouvelle.

— Oh, que je suis heureuse, je m'en vais vite lui préparer un bon fricot ; il doit être affamé le pauvre.

— J'ai justement un beau lapin dans ma gibecière. Tu en feras un bon fricot, la Marie.

Mais le soir, notre Emile n'était toujours pas rentré et le lapin alla rejoindre les autres restes dans la terrine.

Deux jours plus tard, on avait cru le voir à Étaples vendre son poisson. D'Étaples à Audresselles, il n'y avait pas loin en bateau. La Marie, toute heureuse et supputant qu'il serait là le soir, lui prépara un succulent sauté de porc. Mais le soir venu, toujours point d'Emile et la terrine reçut une couche supplémentaire de viande.

Désespérée, elle alla trouver une vieille rebouteuse à la Pointe aux Oies. Celle-ci lui conseilla de griller du lard sur la falaise en le saupoudrant de quelques herbes aromatiques de son cru, de celles qui font revenir les hommes. Le procédé était infaillible : l'odeur attirerait irrésistiblement le pêcheur et le ferait immanquablement revenir à terre. Mais la nuit passa, le soleil se pointa de nouveau à l'horizon et notre pêcheur n'était encore point rentré. Le lard à son tour alla couronner la terrine.

Marie se dit alors que la seule bonne solution, celle à laquelle elle aurait dû penser tout de suite, c'était d'aller implorer le pardon de Notre-Dame des Flots.

— Reine des Cieux, implora-t-elle devant l'humble statue, toi qui es ma sainte patronne aie pitié de mon mari. Certes, il t'a offensé, mais il n'est pas mauvais. Il a fait cela pour nourrir sa femme et ses enfants.

— Soit, je crois qu'il a assez payé sa faute, lui répondit la Vierge. Je lui avais envoyé un jeune phoque pour le détourner de la terre à chaque fois qu'il l'approchait. Maintenant je vais ordonner à l'animal de le guider jusqu'à la grève pour lui permettre de s'échouer juste au bas de ta maison.

— Oh, merci Bonne Mère, merci.

Et la pauvre femme de courir vers la grève pour y voir accoster son mari. Ce fut un beau tollé dans le village quand on vit le bateau de l'Emile, précédé d'un petit phoque s'approcher de la côte et s'échouer enfin sur la plage.

Le pêcheur, penaud et honteux, rentra bien vite chez lui où sa femme n'avait eu d'autre choix que de lui réchauffer tous les restes de la semaine dans un peu de bouillon et de vin blanc. Sans le savoir, elle venait d'inventer le potje vlesch.

Le potje vlesch

Ingrédients :

– 1 reste de blanc de poulet ;
– 1 reste d'épaule de veau ;
– 1 reste de cuisse de lapin ;
– 1 reste de sauté de porc ;
– 1 reste de lard de poitrine grillé ;
– 1 couenne de lard ;
– ½ l de vin blanc sec ;
– ½ l de bouillon de légumes ;
– 2 feuilles de gélatine ;
– 5 grosses échalotes ;
– Persil, sel poivre.

Préparation :

– Couper toutes les viandes en gros morceaux ;
– Hacher les échalotes et le persil ;
– Déposer chaque couche de viande en la recouvrant d'échalote et de persil hachés, et ce dans l'ordre qui suit (de bas en haut) : porc, lapin, veau, poulet, lard ;

– Ajouter le vin blanc et la gélatine fondue dans le bouillon de légumes (vous pouvez faire vous-même la gélatine avec les os des viandes) ;

– Tasser fortement et recouvrir avec la couenne ; saler et poivrer selon le goût ;

– Cuire à four moyen pendant 4 à 6 h ;

– Servir froid comme une galantine avec du pain grillé.

Se présente avec une bière blonde bien houblonnée ou avec un jeune bordeaux.

La petite sirène de Marconi

Je m'appelle Arsinoé de mon vrai nom, mais ici les gens m'ont appelée Iodie, allez savoir pourquoi.

J'habite Wimereux ; enfin, c'est une façon de parler. En fait, j'habite la mer aux alentours de Wimereux. Eh oui, je suis une sirène ! Il en existe encore, peu, mais elles sont là, près de vous, sans que vous ne vous en doutiez. Les humains nos demi-frères sont vraiment étranges, trop curieux, bêtes et parfois méchants, alors on se méfie.

Quoique ! J'en ai repéré un, il a vingt ans et est plutôt joli garçon : il s'appelle Guglielmo. Ce doit être un étranger, un Italien, je suppose. Mais bien sûr que je connais l'Italie, qu'est-ce que vous croyez ; je m'y suis déjà rendue ! Une sirène, ça voyage beaucoup et ça vit fort longtemps.

Cet humain-là s'est essayé à la voile. J'aimais le suivre lors de ses balades en mer. Heureusement d'ailleurs, car un jour de tempête, il s'est retrouvé à l'eau. Les vagues étaient tellement fortes qu'il n'avait guère de chances de s'en tirer. J'ai bien dû sortir de la réserve à laquelle nous sommes obligées de nous tenir et je l'ai soutenu jusqu'à la plage ou il s'est échoué.

Bien sûr, il m'a crié « Ne partez pas », mais je n'avais guère envie de lui faire découvrir le bas de mon corps qui est celui d'un poisson. Mais, tenace comme tous les jeunes de son âge, il a voulu me revoir et a croisé en mer jusqu'à ce qu'il me retrouve. C'est comme cela que nous sommes devenus amis.

Bien entendu, ça lui a fait un choc d'apprendre qui j'étais, mais il s'est vite habitué à mon état. Il m'a dit qu'il était ingénieur et que sa tête fourmillait d'idées. Il avait loué la villa Artois où il réalisait une expérience qui, prétendait-il, révolutionnerait le monde. Moi, je souriais, habituée depuis si longtemps aux fameuses « inventions » des humains.

Wimereux à l'époque, nous sommes en 1899, n'était qu'un modeste village, faubourg de Wimille. On n'y trouvait que quelques villas et il n'y avait pas une belle digue comme maintenant. La villa Artois donnait directement sur le sable de la plage. Souvent, quand il se tenait au balcon, je m'aventurais près de la plage pour admirer mon beau Guglielmo.

Un jour, je l'ai vu s'activer sur le sable : il y avait amené des perches de bois, du ciment et des blocs de rochers. Quand je lui ai demandé ce qu'il comptait faire de tout ce fourbi, il m'a répondu tout fier :

— Une antenne.

— Mais que veux-tu faire avec une antenne, lui ai-je alors demandé ?

Il m'a alors parlé des ondes de monsieur Hertz, d'un cohéreur de Monsieur Branly, de l'antenne de Monsieur Popov et de tas d'autres choses auxquelles je n'ai rien compris. Moi, je l'ai laissé faire, mais je savais que sa construction ne tiendrait pas.

En effet, le lendemain, elle avait aux trois quarts disparu dans le sable.

— Tu sais, lui ai-je dit, ça ne tiendra jamais, ici ; ce sont des sables mouvants.

— Ah bon, m'a-t-il répondu. Et il est reparti un peu plus loin avec tout son matériel.

Bien sûr, le bout de bois qu'il avait planté plus loin n'a pas tenu non plus. Là, il y a un courant marin qui emporte tout ; je le sais bien, je n'aime pas moi-même m'y aventurer. Quand je le lui ai expliqué, il a replanté son matériel à un troisième endroit.

— Ici, ça va, m'a-t-il demandé ?

— Oui, mais il y a trop de vent ; si ta perche est élevée, à la première tempête tout sera par terre.

Il a ri. À la première tempête, le tout s'était bien entendu effondré sur le sable. Vexé, il me demanda :

— Toi qui es si maligne, dis-moi donc où je dois l'installer.

— En face de ta villa, tout simplement.

Et là, ça a tenu. Il a alors brisé une vitre de la fenêtre, y a fait passer un fil de cuivre qu'il a attaché jusqu'au sommet du mât de cinquante-quatre mètres de haut. Puis il est rentré à la villa. Je n'ai forcément pas pu voir ce qu'il y faisait, mais un quart d'heure plus tard, il revenait vers moi en criant :

— Ça marche, ça marche ! Et tout cela grâce à toi.

Il m'a alors expliqué qu'il avait pu parler avec quelqu'un à bord d'une canonnière voguant au large de

Wimereux, simplement en parlant dans un appareil qui envoyait des ondes dans l'espace. Il a bien vu que je restais sceptique, mais comme je ne suis qu'une sirène…

Quelques jours après, il m'a annoncé qu'il prenait la malle Boulogne-Douvres pour se rendre au phare de South Foreland, sur la plage de Sainte Margaret. Je m'en souviens comme si c'était hier ; nous étions le vingt-neuf avril 1899.

Un de ses amis était resté à la villa pour recevoir son appel. Son système a marché ! Son copain a bel et bien reçu le message et entendu sa voix. C'était émouvant. Pensez donc : deux hommes qui se parlent à cinquante-deux kilomètres de distance sans être reliés par un câble.

À peine de retour à Wimereux, il est venu me trouver, fou de joie.

— C'est grâce à ton aide que j'ai pu dresser mon antenne. En souvenir des chauds et froids que cette aventure m'a valu et pour te remercier, je t'apporterai un dessert délicieux que je réaliserai moi-même en bon italien gourmand que je suis.

Le lendemain, il m'apportait un pain d'épice en chaud-froid dont je n'ai plus jamais pu me passer depuis.

— Tu te rends compte, conclut Benoît en levant les yeux du vieux manuscrit qu'il tenait en main, demain nous mangerons un plat de sirène !

— Comme j'aurais aimé la connaître, reprit Sacha.

— Tu sais, les sirènes, ça vit longtemps, elle l'a dit. Alors, rendons nous sur la digue de Wimereux, et avec un peu de chance…

Le pain d'épice en chaud-froid

Ingrédients :

– 200 gr de glace au pain d'épice ;
– 100 ml de crème anglaise ;
– 100 ml de sauce caramel ;
– 4 tranches de pain d'épice ;
– Œuf lait, sucre, beurre.

Préparation :

– Tremper les tranches de pain d'épice dans un mélange de lait, œuf et sucre ;
– Les rissoler dans du beurre ;
– Placer les tranches tièdes au milieu de l'assiette ;
– Les surmonter d'une boule de glace ;
– Les entourer des deux sauces tièdes.

À arroser d'un cidre doux.

La faïence brisée

— Quelle magnifique forêt !

Sacha, le nez en l'air, ne se lasse pas d'admirer les cimes de ces géants de la sylve qui s'étend aux alentours de Desvres.

— Tu sais, c'est grâce à cette forêt que sont nées nos faïenceries, énonce sentencieusement Benoît.

— Je sais et grâce à l'excellente argile de notre région. On en a parlé en classe la semaine dernière.

— Tu imagines que déjà les Romains faisaient des poteries dans la région.

— Oui, mais toi tu ne connais pas l'histoire que le vieux monsieur Martin, notre ancien instituteur, m'a racontée, lui lança Sacha toute fière.

Un peu vexé, mais néanmoins curieux, Benoît lui répondit de bonne grâce :

— Alors, raconte-la.

Il paraît que le roi Louis XV avait lancé un concours entre les faïenciers du royaume afin que ceux-ci lui créent un service de table de toute beauté et tout à fait original. Tous s'étaient donc mis au travail avec ardeur et se mirent à rivaliser d'ingéniosité afin de produire la vaisselle la plus légère, la plus jolie, la mieux ornée et la plus originale.

Il faut dire que nos desvrois, en la personne de Jean François Sta, n'étaient pas les moins bons. La faïencerie était un art relativement récent chez eux puisqu'elle avait seulement débuté officiellement en 1764. Mais la passion, l'ardeur et un don artistique certain présent sur cette terre ancestrale de potiers les avaient bientôt mis au premier rang.

Il était de coutume d'envoyer régulièrement à la cour les avant-projets que l'on avait créés pour les faire admirer par le roi et les soumettre à son jugement. Desvres ne s'en était pas privé et ceux que les Limousins y avaient vus les inquiétèrent sérieusement. Si sérieusement qu'ils envoyèrent chez nous quelques hommes de main et espions afin de voir où nous en étions.

Sous la couverture de Compagnons du Tour de France, ils avaient été reçus généreusement et logés dans la région. Hélas, nos faïenciers avaient introduit le loup dans la bergerie.

En effet, les Limousins s'arrangèrent tout d'abord pour acheter tous les stocks de bois disponibles, car pas de bois, pas de four en activité. Plus la moindre bûchette à cent lieues à la ronde et à la question de savoir qui étaient les acheteurs, les vendeurs avaient bien du mal à répondre. On n'avait jamais vu cet homme, il n'avait pas donné de nom, des chariots étaient venus de nuit prendre livraison du bois ou bien les arbres achetés en forêt étaient laissés sur pied sans que des bûcherons ne viennent les abattre.

Ils se croyaient perdus lorsque Clément, dit le Broutteux, car il poussait souvent une brouette devant lui, leur apprit que de mystérieux individus pourraient les aider. Il les avait rencontrés dans le bois. Une communauté d'hommes, de femmes et d'enfants de fort petite taille, ne parlant quasiment pas le français et se cachant dans les bois en semblant craindre tout le monde.

Un jour, il leur avait rendu un signalé service et avait ainsi acquis leur confiance. Celui qui semblait le chef et baragouinait tant bien que mal notre langue lui expliqua qu'ils venaient d'un pays lointain ; ils y habitaient la montagne et avaient été chassés par l'envahisseur lors de guerres dans leur région. Depuis, ils erraient, apatrides et sans-papiers, tentant de survivre tant bien que mal, acceptant souvent, vu leur petite taille, des travaux pénibles dans les mines.

Ils étaient pauvrement vêtus et portaient de curieux chapeaux coniques entourés de lacets de cuir. Malgré leur très petite taille, ils étaient courageux et travailleurs, rendant çà et là quelques services pour le prix d'un peu de nourriture. Clément le Broutteux partit à leur recherche afin de demander leur aide.

— Pas de problème, lui avait dit le chef, nous vous trouverons le bois nécessaire ; la forêt n'a plus de secrets pour nous.

Deux jours plus tard, au petit matin, un gigantesque tas de bois se dressait devant la fabrique de Jean François. Les essais purent donc reprendre de plus belle.

Dépités, les Limousins cherchèrent un autre moyen pour les neutraliser. Ayant repéré le local où les artisans de Desvres gardaient leurs pièces d'essais à présenter au roi, ils eurent une idée machiavélique. Un soir que tous étaient couchés, ils introduisirent une vache dans le local. La pauvre bête apeurée, perdue dans l'obscurité d'un endroit qu'elle ne connaissait pas, se débattit tant qu'elle brisa toutes les pièces à sa portée. Ce remue-ménage réveilla toute la fabrique qui se précipita dans la réserve pour y constater les dégâts. Seule une magnifique cafetière était restée intacte.

Le moment d'abattement passé, Jean François lança à ses ouvriers atterrés :

— Mes amis, si la vache n'a pas voulu de nos essais, c'est qu'ils n'étaient pas assez beaux. Dès demain, nous nous remettrons à l'ouvrage pour créer des pièces encore plus belles.

De fait, les pièces qui sortirent depuis des fours furent les plus belles que l'on n'ait jamais vues. On se sentait l'égal des plus grandes fabriques de France.

Penauds, les Limousins avaient dû avouer à leurs commanditaires qu'ils avaient jusqu'à présent échoué sur toute la ligne. La réponse de Limoges était claire : « Réussissez cette fois, ou sinon… ». Désormais, ce n'était plus le moment de mettre des gants : il fallait frapper vite, fort et définitivement.

L'un d'eux eut l'idée de saboter le four. Pendant que trois d'entre eux créaient l'alibi en chantant à tue-tête dans leur chambre, les trois autres s'étaient dirigés vers le four le plus important et le plus ancien. Ils avaient soigneusement déboulonné la porte et bouché la cheminée. Ainsi, au premier feu important, le four éclaterait.

Le lendemain, leurs bagages étaient prêts au cas où une fuite précipitée s'imposerait. Ils attendaient anxieux le résultat de leur sabotage lorsqu'une énorme déflagration se fit entendre, suivie quelques instants plus tard de ce qui ressemblait à un éclat de rire général encore plus énorme.

C'était bien de rire qu'il s'agissait. L'équipe riait aux larmes devant le four démantibulé.

— Des gens mal intentionnés ont voulu nous donner un coup de main cette nuit. Ils ont commencé à démonter le vieux four que l'on devait abattre pour en reconstruire un autre plus performant. Évidemment, nous n'avions encore parlé de ce projet à personne.

Mais les regards narquois que leur lançaient les ouvriers mettaient nos coquins de plus en plus mal à l'aise.

— Je suppose que vous allez continuer votre tour, lança un autre ouvrier, un petit sourire aux coins des lèvres. Nous ferons une fête en l'honneur de votre départ ce soir et je vous jure que vous ne serez pas prêts d'oublier votre séjour ici.

De fait, ils s'en souvinrent longtemps. Peu habitués aux bières fortes du nord, on les retrouva inconscients aux quatre coins de la manufacture.

Tous s'étaient peu à peu doutés que leurs ennuis venaient de leurs concurrents et donc de leurs visiteurs. Les Limousins furent entassés dans une patache et renvoyés à Limoges avec un petit mot bien senti à l'intention de leurs patrons.

Entre temps, le petit peuple de la forêt avait retrouvé les stocks de bois cachés et les avaient ramenés à Desvres qui plus que jamais fit chauffer ses fours. C'est alors qu'une brave vieille, voyant ces fours chauffés à blanc, s'exclama :

— Dommage que toute cette bonne chaleur qui s'échappe aux alentours ne serve à rien. Je ferais bien cuire mes tartes moi, sur leur four. Et on fera une petite fête pour les manger.

C'est ainsi que les fours des faïenciers s'offrirent à cuire les délicieuses goyères du village qui jamais n'en avait connu de plus dorées.

La goyère

Ingrédients :

– 1 fond de tarte en pâte brisée ;
– 2 cas de crème fraîche ;
– 150 gr de maroilles ;
– 150 gr de fromage blanc ;
– 3 œufs ;
– Cumin, sel, poivre.

Préparation :

– Retirer la croûte du maroilles, le couper en dés et l'écraser à la fourchette ;
– Le mélanger avec le fromage blanc, les trois jaunes d'œufs, la crème fraîche et le cumin ;
– Incorporer délicatement les trois blancs d'œufs battus en neige ;
– Saler et poivrer ;
– Placer la pâte dans un moule à tarte beurré et y verser la préparation ;

– Cuire 50 min à 200 °C. La retirer quand elle est bien dorée.

Servir chaud avec une bière du nord de caractère (par exemple : la bière à frometon de Christophe Noyon) ou avec un Pouilly Fumé.

Le mystère de Fort Vauban

Inlassablement, les vagues viennent se fracasser sur les rochers polis servant d'assise au vieux Fort Vauban.

Il faut dire que la vénérable construction est impressionnante. Depuis plusieurs siècles, elle résiste aux assauts des éléments et des hommes. Hélas, abandonné, car devenu obsolète comme outil défensif, il menace ruine.

Déserté, il est devenu le refuge des petits galopins de l'endroit parmi lesquels nous retrouvons nos amis Sacha et Benoît. Ils ont appris qu'une association va reprendre le fort en main et le restaurer. En d'autres termes, leur terrain de jeu va leur être bientôt enlevé. Alors, pour une dernière fois, ils se faufilent entre les planches disjointes de l'entrée et se réfugient dans les casemates des tours d'artillerie, leur endroit favori.

Ils sont là depuis un petit temps déjà lorsqu'une curieuse lueur bleue attire leur attention dans une des salles hautes.

— Benoît, as-tu vu ? On n'entend rien, j'ai peur !

— Ne bouge pas, je vais voir. Cela ne peut être que des copains venus nous rejoindre.

Benoît escalade courageusement les escaliers, suivi de près par Sacha qui n'a bien sûr pas voulu rester seule. Mais quelle n'est pas leur stupéfaction de voir dans une des casemates la silhouette lumineuse d'un vieillard à longue robe !

Nos deux amis, pétrifiés, s'entendent dire par l'apparition bleue :

— N'ayez crainte les enfants, je ne vous veux aucun mal. Je suis Bède le Vénérable, un vieil abbé qui écrivit jadis la Chronique de Pierre, premier abbé de Canterbury. Ce saint homme échoua ici lors d'un naufrage il y a bien longtemps. Cet endroit s'appelait alors Ambleat. Avant de mourir, il avait fait serment devant Dieu, sous peine de malédiction, que jamais ce saint lieu ne deviendrait un port de guerre.

Sortant enfin de sa torpeur, Sacha s'exclama :

— Vous croyez que les nouveaux propriétaires vont en faire un port de guerre ? Nous, on ne veut pas la guerre dans notre région.

— Ne crains rien, petite, cela n'arrivera plus, Pierre ne le permettrait pas.

— D'autant que ce sont les membres d'une paisible association qui essayeront de tirer ce monument de l'oubli et de la disparition, relance Benoît.

— Il est vrai que ce fort a une bien belle et longue histoire, ajoute Bède.

— Oh, racontez-la-nous s'il vous plaît, reprennent en chœur nos deux lascars.

Bède leur sourit, les invita à s'asseoir et commença :

— Il y a bien longtemps, César lui-même avait fait élever des fortins en ce lieu où il avait réuni sa flotte en vue d'envahir l'Angleterre. Comme il n'avait pu y embarquer sa cavalerie, il avait abandonné Ambleteuse et avait essayé plus loin sur la côte.

Les Anglais, lors de la guerre de Cent Ans, décidèrent de fortifier la région prise à l'ennemi français. Henry VIII entoure alors Ambleteuse de fortifications. Saviez-vous qu'à l'époque on appelait ce village Amblethew, Hable Etew et même New Haven ? Plutôt british, non ? Mais cela n'a pas duré ; il a dû quitter la France en laissant le chantier inachevé et inutilisé.

À peine Henry VIII d'Angleterre parti, c'est Henry II de France qui reprend la place. Mais la prédiction de Pierre de Canterbury s'accomplit une fois de plus : le roi meurt.

Louis XIV à son tour essaye de faire de cet endroit un port de guerre : il réussira juste à faire construire et terminer Fort Vauban, par son architecte Vauban, puis mystérieusement abandonne les travaux et le projet.

Napoléon aura la même idée. Malheureusement pour lui, la malédiction ensable les ouvrages entrepris ainsi que toute la région. Ambleteuse ne sera jamais un port de guerre.

Puis vint Napoléon III qui…

— Ce n'est pas possible, interrompt Benoît, ils n'avaient pas encore compris ?

— Je crois que si. Napoléon III se contenta d'installer un camp à Boulogne alors qu'il faisait la guerre sur la Baltique. On n'a jamais très bien compris où il voulait en venir.

— Que faisait-il là, alors ?

— Il s'est contenté de donner des fêtes ; il avait dû avoir connaissance de la malédiction, je suppose. Mais j'ai inspiré en rêve une suggestion à son cuisinier. Et mon idée a marché. Ce dernier proposa un soir à Napoléon :

— Sire, à Marengo, votre oncle a eu son poulet et cela lui a porté chance. Voulez-vous que je vous en prépare un à Boulogne ? Alors, comme lui, après l'avoir mangé, vous pourrez vous rendre sur d'autres champs de bataille, porteurs de victoire.

— Il est parti se battre ailleurs ?

— Oui ; il est rentré à Paris et a décidé de conquérir le Mexique.

— Ouf, on l'a échappé belle, ajouta Sacha, mais la recette, vous l'avez toujours ?

— Bien sûr et je vais vous la donner telle que son cuisinier l'a réalisée afin de perpétuer le souvenir d'une recette qui vit l'aube d'une période de paix et de prospérité touristique pour la région.

Poulet de Liques en waterzooi

Ingrédients :

– 1 poulet ;
– 2 poireaux ;
– 1 branche de céleri ;
– 200 gr de carottes ;
– 200 gr de navets ;
– 1 oignon ;
– 2 œufs ;
– 1 dl de crème fraîche ;
– Thym, laurier, persil, 2 clous de girofle, sel, poivre.

Préparation :

– Décarcasser le poulet ; mettez les os à dorer au four ;

– Dans une grande casserole d'eau, plonger les os grillés, le thym, le laurier, l'oignon piqué des clous de girofle, le vert des poireaux et du céleri ;

– Ajouter la chair du poulet coupée en gros morceaux ;

– Ajouter après 10 min le blanc de poireau et de céleri, les carottes et le navet ;

– Après cuisson, retirer le poulet et les légumes ; filtrer le jus que l'on peut clarifier avec le blanc d'œuf ;

– Retirer la peau du poulet ;

– Lier le bouillon avec les jaunes d'œufs et la crème fraîche ; épicer à volonté ;

– Servir le poulet et les légumes nappés de sauce.

À servir avec un petit vin blanc.

Le secret du brasseur des Deux Caps

Aujourd'hui, l'air est vif, le ciel est bleu, l'humeur au beau fixe : vous l'avez compris, le printemps est là. Christophe Noyon, un brasseur de la région des Deux Caps, se promène sur les dunes de Wissant avec ses petits amis Sacha et Benoît.

— Regardez ces blés, leur dit-il, ils porteront des épis magnifiques, tout imbibés de la brume marine. Je sens que je vais en faire une bière extraordinaire.

— Dis, Christophe, tu as toujours fait de la bière ?

— Non, pas toujours. Mais un jour, j'ai eu la chance de retrouver un vieux cahier relié de cuir qui se transmettait dans la famille de père en fils : le carnet de mon ancêtre Marin Noyon, le vieux pirate de la côte d'Opale.

— Qu'y avait-il dans ce mystérieux carnet ? demande la curieuse Sacha.

— De fameux secrets qui jalonnent l'histoire de ma famille et dans lesquels je n'ai pas hésité à croire.

— Wow, lance Benoît ébloui, raconte-nous vite !

Christophe leur sourit, s'assit dans le sable de la dune face à la mer et commença cet incroyable récit.

— Comme je vous l'ai dit, Marin Noyon était mon ancêtre. Ce vieux pirate, issu d'une longue lignée de marins, était né à Calais en 1623. Ce qui explique qu'il avait vraiment la mer dans le sang. Tout petit, il s'était engagé comme mousse, à la satisfaction de tous les capitaines qui l'avaient employé. Il faut dire que ses ancêtres étaient les conquérants anglo-normands aussi à l'aise sur terre que sur mer. Mais un jour, il lui arriva une aventure extraordinaire.

Marin était devenu à son tour capitaine et pour l'heure naviguait entre la France et l'Angleterre, transportant toutes sortes de marchandises plus ou moins licites. Une terrible tempête, comme seule la mer du nord peut nous en offrir, avait pris son bateau qu'elle faisait danser au creux d'énormes vagues. Marin, sûr de lui, tenait fermement la barre lorsqu'il lui sembla entendre par-dessus le fracas des éléments déchaînés un cri de détresse monter des flots.

Curieux, il vira de bord vers l'endroit d'où venaient les cris lorsqu'il aperçut, dans le creux d'une vague, le corps d'une femme à demi immergé qui bougeait faiblement. Mais quelle ne fut pas sa surprise, lorsqu'il la retira de l'eau, de s'apercevoir que le bas de son corps était en fait… une queue de poisson.

Une sirène ! Il avait repêché une sirène. Mais ses marins ne voyaient guère d'un bon œil une sirène à bord : cela portait malheur et c'était signe de naufrage.

— Ce qui porte malheur, c'est de rejeter un être blessé à la mer, sans le soigner, le condamnant ainsi à une mort certaine, tonna Marin.

Ses hommes subjugués se le tinrent pour dit. Transportée dans sa cabine, elle reprit vite connaissance et fit promettre à Marin de la remettre à l'eau dès que la mer serait calmée. Elle avait été assommée par une épave, mais d'ici quelques heures elle serait sur pied… si l'on peut dire ! En échange de quoi elle octroyait à Marin de faire trois vœux pour lui et ses descendants.

Le lendemain, par un ciel gris et une mer calme, elle fut remise à l'eau comme promis.

— Vas-y, Marin, dis-moi, quels sont tes trois vœux ?

Notre capitaine, un peu pris au dépourvu, de lui dire :

— Ben, j'ai toujours rêvé d'être un marin riche, un agriculteur et un brasseur, mais pour cela, il faut avoir les moyens.

— N'aie crainte, toi et tes descendants réaliserez ces trois vœux. Et encore merci, Marin.

Elle lui sourit tendrement, plongea entre deux vagues et disparut à ses yeux.

Dès lors, le commerce devint florissant pour Marin, amélioré, il faut l'avouer, d'un peu de piraterie et de contrebande. Quelques coups fumeux, mais pas très licites l'avaient rendu fort riche. L'argent lui permit bientôt d'acheter pour son fils quelques terres cultivables ainsi que de quoi les ensemencer en blé, orge et houblon.

— Cultive la terre, mon fils ; ne prends pas la mer comme moi. À s'appeler Noyon, on risque de se retrouver noyé. Ça finira par nous porter malheur de vivre sur les flots.

Peu de temps après, Marin disparaissait en mer. Certains racontèrent même qu'il avait été rejoindre sa sirène à laquelle il n'avait jamais cessé de penser.

Son fils avait quand même embrassé la carrière de marin, mais de tempêtes en échecs, il s'était retrouvé fort démuni. Qui plus est, la ferme mal gérée par un fermier malhonnête ne rapportait plus rien.

C'est alors qu'il se souvint que son père lui avait confié qu'il avait enterré le plus gros de sa fortune et de ses rapines sur la terre « ferme », plus sûre que la mer. Il avait tellement insisté sur le mot « ferme » que son fils se mit à sonder avec frénésie le sol de sa métairie. C'est sous une gigantesque dalle qu'il trouva le magot et, bien naturellement, son exploitation prit le nom de Ferme de la Belle Dalle.

Ses descendants devinrent dès lors de riches fermiers dont les terres, grasses et riches, faisaient l'orgueil de la région. Mais au fil des siècles, ces terres eurent de plus en plus de descendants à nourrir et mon père se retrouva ainsi à la tête de champs si morcelés qu'un jour, il m'appela dans la cour de la ferme.

— Fils, me dit-il, un jour tout cela sera à toi. Mais si la ferme est belle, les terres sont bien petites. Il te faudra trouver un autre métier pour garder ta famille à l'abri du besoin.

— Un autre métier ! Mais je n'en connais guère.

C'est alors qu'il me montra le carnet de Marin, notre ancêtre.

— Dans ce carnet se trouve tout ce que tu dois savoir pour réussir.

De fait, Marin y avait consigné tout ce que la sirène lui avait confié. J'y lus alors cet étrange passage qui semblait s'adresser à moi telle une prophétie :

Pour faire bonne bière, il faut écouter les lieux où l'on habite. Tu tiendras compte du Cap Noir ou Black Ness, que vous appelez Blanc Nez, de la Porte des Sables ou Sand Gate, que vous appelez Sangate, de la Dune de Sable Blanc ou White Sand, que vous appelez Wissant, du Cap des Rochers ou Craig Ness, que vous appelez Gris Nez et du Lac de la Mer ou Sea Lake que vous appelez la Slack.

Le Cap noir et le Cap des rochers t'inspireront la Deux Caps, une bière blonde, riche et fraîche, en souvenir de ton ancêtre Marin qui a tant croisé dans les parages. De la Dune des Sables blancs et au nom de la sirène blanche née de l'écume blanche, tu tireras la légère blanche de Wissant.

La prophétie continuait :

Souviens-toi du jour où, réfugié dans les tourbières de la Slack, la foudre frappa la tourbe à tes côtés ; une odeur très forte s'en dégagea que tu n'as jamais oubliée. C'est pour cela que du Lac de la Mer tu créeras une bière noire, forte et revigorante. Un jour, à la Porte des Sables, tu rencontreras un ami, il s'appellera Philippe et il t'apprendra l'union du fromage et de la bière que tu appelleras bière à frometon.

Alors pour clore ton initiation, tu réuniras en un les trois symboles de ta famille : la mer par les embruns dont elle imbibe les céréales, le blé du fermier cultivé en bord de mer et les levures du brasseur qui réaliseront la transmutation.

Enfin, sache que, tout au fond de la grange, derrière la vieille cloison vermoulue, tu trouveras tous les ustensiles d'un honnête brasseur.

Et c'est ainsi que j'ai créé mes bières.

— Tu n'as jamais pensé à inventer une recette avec tes bières ? répliqua Benoît le gourmand.

— C'est vrai, une recette dans laquelle tu unirais la mer chère à ton ancêtre et la bière que tu fabriques, ajouta Sacha.

— Excellente idée, les amis. Rentrons vite à la ferme concocter cette recette de rêve.

Darnes de cabillaud à la bière

Ingrédients :

– 4 belles darnes de cabillaud ;
– 33 cl de bière blonde ;
– 200 gr d'oignons ;
– 1 gousse d'ail ;
– 2 citrons ;
– 100 gr de crème fraîche ;
– Pommes de terre ;
– Farine, thym, persil, sel, poivre ;
– Beurre.

Préparation :

– Hacher finement l'oignon et l'ail ;

– Les placer dans un plat beurré et les surmonter des darnes ;

– Aller, poivrer, ajouter une branche de thym ;

– Arroser ensuite avec la bière ;

– Passer au four très chaud (230°C) 25 à 30 min ; arroser souvent avec le jus ;

– Réserver les darnes au chaud et les arroser avec le jus de ½ citron ;

– Mixer les oignons dans le jus de cuisson ;

– Ajouter la crème et la farine ; faire chauffer doucement jusqu'au bouillon en remuant ;

– Ajouter le jus des citrons restant ;

– Napper les darnes avec la sauce ;

– Les présenter avec des pommes de terre vapeur au beurre et au persil.

Servir des bières locales avec le plat, et dieu sait si elles sont nombreuses.

Imprimé en Allemagne
Achevé d'imprimer en décembre 2023
Dépôt légal : décembre 2023

Pour

Le Lys Bleu Éditions
40, rue du Louvre
75001 Paris

www.ingramcontent.com/pod-product-compliance
Lightning Source LLC
Chambersburg PA
CBHW062346010826
49168CB00024B/283

* 9 7 9 1 0 4 2 2 1 7 5 9 4 *